騎著恐龍去圖書館

文｜劉思源　圖｜林小杯

步步出版

社長兼總編輯｜馮季眉

編輯｜李培如

美術設計｜陳澄晴

出版｜步步出版／遠足文化事業股份有限公司

發行｜遠足文化事業股份有限公司（讀書共和國出版集團）

地址｜231 新北市新店區民權路 108-2 號 9 樓

電話｜(02)2218-1417　傳真｜(02)8667-1065

客服信箱｜service@bookrep.com.tw

網路書店｜www.bookrep.com.tw

團體訂購請洽業務部｜(02) 2218-1417 分機 1124

法律顧問｜華洋法律事務所 蘇文生律師

印製｜凱林彩印股份有限公司

初版｜2020 年 6 月　初版九刷｜2024 年 7 月

定價｜320 元　書號｜1BTI1025　ISBN｜978-957-9380-59-1

騎著恐龍去圖書館

文・劉思源
圖・林小杯

來不及了！來不及了！
每個星期三下午，鎮上的圖書館有「說故事時間」。
米米、可可和飛飛最愛聽故事了，
可是圖書館有點遠，放學後再過去可能來不及。

小雷龍立刻來幫忙。牠載著米米、可可和飛飛踏上恐龍專用道。
在補給站時，小雷龍大口大口的吞下許多青草餅乾，把肚子塞得滿滿的，
加快速度往前走。

可是，小雷龍越走越快，牠超速了，
還跟工地的大車子在馬路上賽跑，
嚇壞路上的公車、貨車和小汽車。
小雷龍被警察開了一張大罰單！
「對不起，」米米說：
「牠不是故意的，牠只是有點調皮，動作有點大！」

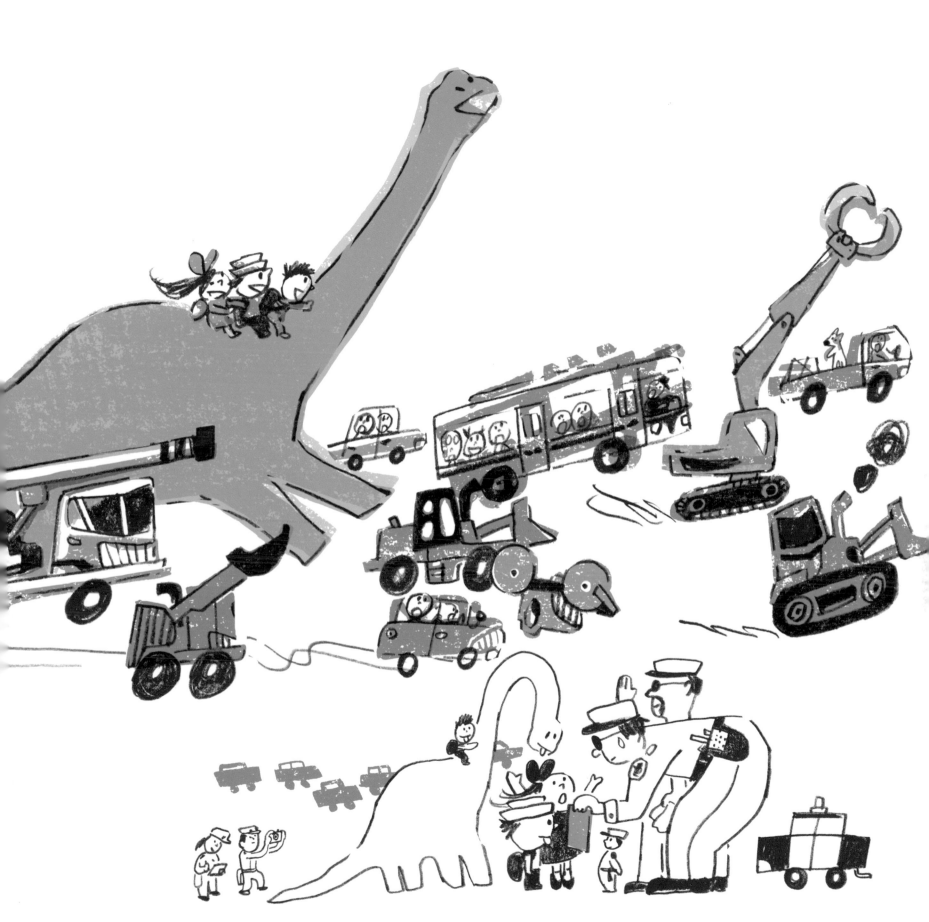

小雷龍
放慢腳步，
轉個彎。
圖書館的大門
就在眼前。

「耶！趕上了。」
三個小朋友開心的從小雷龍身上跳下來。
米米告訴小雷龍：「在圖書館裡一定要安靜喔。
腳步要輕輕的、說話要輕輕的，才不會吵到別人。」

「噹噹噹!」說故事時間到了。哎呀呀!圖書館的門太小,
小雷龍拼命塞,也只有頭跟脖子進得去,還弄得門窗嘎嘎響。

「抱歉，恐龍不可以進圖書館，」
圖書館員跑來阻止小雷龍，
「而且，我們圖書館規定，沒有圖書證，不能進去。」

米米拍拍頭,她完全忘了這件事。她答應小雷龍,
回家的時候,她和可可、飛飛一定會把聽到的故事通通講給牠聽。
小雷龍只好趴在圖書館的屋簷下,等候米米他們出來。
牠一邊等一邊想,圖書館裡面有沒有關於恐龍誕生的書?
有沒有「吃多多也不會肥」的恐龍食譜? 有沒有……?

牠正陶醉在幻想中的時候,
「啊……」不知從哪裡傳來一陣小小的驚呼聲。

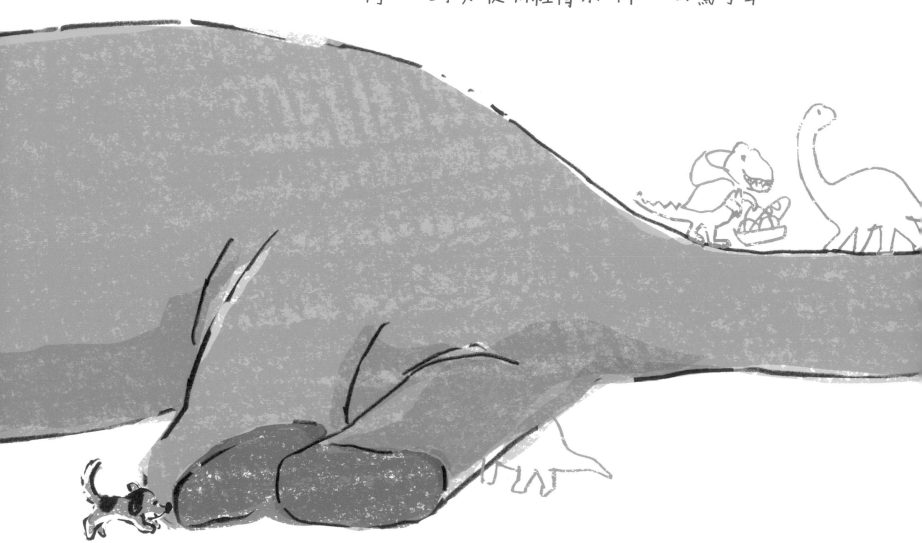

小雷龍趕忙站起來，
發現聲音是從丁頂樓的窗口傳出來的。
牠踮起腳尖，把脖子伸得長長的往窗戶裡看，
只見一位可愛的老奶奶拿著一本大書，
正對小朋友們講《小紅帽與大野狼》的故事……。

小朋友們發現了小雷龍，興奮的跑去窗邊。

米米把窗戶打開，向大家介紹：「小雷龍是我們的好朋友。」

可可和飛飛問故事奶奶：「牠可以和我們一起聽故事嗎？」

「沒問題，只要牠安安靜靜的就可以。」故事奶奶拿起書，繼續說故事。

當她講到「大野狼張開大嘴，撲向小紅帽……」時，

　　小雷龍忘記要保持安靜！

「咿～～～～～」

牠把頭鑽進窗戶，激動的大叫，想要阻止大野狼。

小雷龍不喜歡有人傷害小朋友，即使在故事裡也不行。

小雷龍的聲音又大又響，每個人都聽到了。
牠的頭撞到書櫃，好多書掉下來，
牠還撞到牆壁，整個圖書館像地震一樣，搖晃起來。

圖書館的巴館長循著騷動聲，連忙衝進來。
他看到小雷龍，又看到滿地的書，立刻要小雷龍離開。
「恐龍太大、太危險，怎麼可以進來圖書館!?」
巴館長指著小雷龍說：「而且，牠有圖書證嗎？」

小朋友們一起向巴館長求情：
「拜託，牠一點都不危險，牠只是想保護小紅帽，
動作有點大而已！」

巴館長搖搖頭說：
「不行，規定就是規定！」

小雷龍難過的轉頭。小朋友們也很難過，決定跟著米米、可可和飛飛，
從窗口順著小雷龍的脖子滑下去，一起離開了圖書館。

現在頂樓變得空蕩蕩。

故事奶奶邊收拾邊說：「小雷龍只是想要聽故事嘛，可惜進不來……」
巴館長一聽，跳了起來，說：「我們可以走出去啊。」他跑到窗口大喊：
「小雷龍，請快回來！你願意接受一個特別任務嗎？」

巴館長邀請小雷龍擔任圖書館的「書巴士」，
請小雷龍載著圖書館員和滿滿的書到各個鄉鎮和村落，
邀請更多的大朋友、小朋友來看書。

小雷龍超喜歡這個任務。
每到一個地方，都有很多人歡迎牠、等著牠。
尤其是小朋友們越來越愛看書，大家抱著書坐著看、趴著看……
直到夜幕低垂，星星一顆一顆亮了起來，
還是捨不得把書放下。

而小雷龍最開心的是，
故事奶奶不但也會來，
還會特別為牠說故事呢。

劉思源

1964 年出生，淡江大學教育資料科學學系畢業，現居於台北景美溪畔。

曾任漢聲出版公司編輯、遠流出版社兒童館編輯、格林文化副總編輯。目前重心轉為創作，用文字餵養了一隻小恐龍、一隻耳朵短短的兔子、一隻老狐狸和五隻小狐狸……。

作品包含繪本《短耳兔》系列、《騎著恐龍去上學》；繪本傳記《愛因斯坦》等；橋梁書《狐說八道》系列、《大熊醫生粉絲團》；童話《妖怪森林》等，其中多本作品曾獲文建會「臺灣兒童文學一百」推薦、「好書大家讀」年度最佳少年兒童讀物獎，並授權中國、日本、韓國、美國、法國、俄羅斯等國出版。

林小杯

也寫也畫，也愛跟小孩說故事。繪畫與文字的筆調自由隨興，故事常是幻想和生活的結合，相信一朵花開和小雞破蛋而出這些藏在平凡裡的事物，才是真正動人的神奇。

作品有《喀噠喀噠喀噠》、《非非和她的小本子》、《宇宙掉了一顆牙》、《騎著恐龍去上學》和《步步蛙很愛跳》等，曾獲信誼幼兒文學獎首獎、好書大家讀、開卷年度最佳童書、豐子愷兒童圖畫書獎首獎、Nami Concours 插畫獎、金鼎獎、日本產經兒童出版文化賞。

希望有一天變成了林老杯，還是會不時冒出有意思的作品。